CHRISTOPHE

ET

PIERRE-LUC,

PARODIE

DE CASTOR ET POLLUX,

EN CINQ ACTES,

EN PROSE ET EN VAUDEVILLES;

PAR M. DESPRÉAUX, Pensionnaire du ROI, Ordinaire de l'Académie Royale de Musique.

Représentée devant LEURS MAJESTÉS, à Trianon, le ____ Mai 1780.

DE L'IMPRIMERIE

De P. R. C. BALLARD, seul Imprimeur de la Musique du ROI, des Menus Plaisirs de SA MAJESTÉ, de Monseigneur & Madame la Comtesse D'ARTOIS.

Par exprès Commandement de SA MAJESTÉ.

ACTE PREMIER.

PERSONNAGES CHANTANS ET DANSANS.

BASQUES.

Le Sʳ DAUBERVAL.   La Dˡˡᵉ THÉODORE.

GENS DE LA NOCE.

Les Sʳˢ Doſſion, Rogier, Laval fils, Ducel, Barré, Hennequin, Giguet, Coindé.

Les Dˡˡᵉˢ Coulon, Adélaïde, Muller, Raine, Godeau, Puiſſieux, Jenny, Victoire.

SUITE DE L'INSENSÉ.

Payſans armés de bâtons.

Les Sʳˢ Abraham, Simonet, Trupti, Duchaine, Le Bel, Guillet.

ACTE II.

PLEUREUSES.

Les Dˡˡᵉˢ LAFOND, COULON.

Les Dˡˡᵉˢ Godeau, Puiſſieux, Victoire, Jenny, Muller, Raine.

POUR LE TRIOMPHE DE PIERRE-LUC.

Les Sʳˢ Doſſion, Giguet, Hennequin, Laval fils, Barré Coindé.

PRISONNIERS.

Les Sʳˢ Simonet, Abraham, Trupti, Duchaine.

GLADIATEURS.

Les Srs VESTRIS fils, NIVELON.

COMBATTANS.

Les S^rs Le Breton, Le Doux.

ACTE III.

SUITE DE PERLINPINPIN.

Les Srs Giguet, Rogier, Coindé, Simonet, Trupti, Duchaine.

PLAISIRS DE CIRCASSIE.

Le Sr GARDEL l'ainé, en femme.

Les D^lles Lafond, Coulon, Adélaïde, Muller, Jenny, Raine.

RIS OU RIBOTTEURS.

Le Sr NIVELON,

Les S^rs Le Roy, Le Doux, Guillet, Hennequin.

JEUX.

Le Sr VESTRIS fils.

Les S^rs Le Bel, Abraham, Ducel, Barré.

ACTE IV.

MAUX DE L'UNIVERS, *avant-coureurs du Trépas.*

LA FIÉVRE,		Le Breton,
LA COLIQUE,	*Les Sieurs*	Laval, fils,
LA MIGRAINE,		Le Roy,
LE MAL=CADUC,		Trupti.

LA GOUTTE,		Duchaine.
LES VAPEURS,		Hennequin.
LA FLUXION,	*Les Sieurs*	Simonet.
LE FRISSON,		Guillet j.
LE CHAGRIN,		Candeille.

LES PARQUES.

Les D^{lles} Godeau, Gontier, Puiffieux.

OMBRES.

La D^{lle} GUIMARD.

Le Sr VESTRIS fils.   La D^{lle} THÉODORE.

Les S^s Regier, Ducel, Henry, Guillet l.

Les D^{lles} Adélaïde, Lafond, Coulon, Raine.

Le Sr Doffion fils.

ACTE V.

CAVALCADE.

Le Sr VESTRIS fils.

Les S^{rs} Le Breton, Guillet jeune, Simonet, Duchaine, Abraham.

PEUPLE *à pied.*

Les S^{rs} Le Roy, Ducel, Candeille, Trupti.

Les D^{lles} Muller, Adélaïde, Raine, Jenny.

PLANETES.

LE SOLEIL,		Henry.
MERCURE,		Le Breton.
VÉNUS,		Guillet j.
LA TERRE,	*Les Sieurs*	Simonet.
LA LUNE,		Abraham.
JUPITER,		Trupti.

MARS,
SATURNE,   *Les Sieurs* { Guillet.
                                            Duchaine.

CAPRICORNE.

Le Sieur DAUBERVAL.

LES QUATRE VENTS.

SUD,
NORD,
EST,   *Les Sieurs* { Nivelon.
OUEST,   Laurent.
                                                        Barré.
                                                        Le Doux.

LES QUATRE PARTIES DU MONDE.

EUROPE,
ASIE,
AFRIQUE,   *Les Dlles* { Godeau.
AMÉRIQUE   Lafond.
                                                        Coulon.
                                                        Puiſſieux.

LES QUATRE ÉLÉMENS.

LE FEU ,
L'EAU,
L'AIR,   *Les Sieurs* { Hennequin.
LA TERRE,   Laval fils.
                                                        Le Bel.
                                                        Giguet.

ACTEURS.

CHRISTOPHE, (*Caſtor*)   Le Sr Dugazon.

PIERRE-LUC,   (*Pollux*)   Ie Sr Gardel le j.

TIRELIRE,   (*Télaïre*)   La D^{lle} Arnoult.

BÉBÉ   (*Phœbé*)   La D^{me} Gontier.

PERLINPINPIN, (*Jupiter*)   Le Sr Defpréaux.

VIF-ARGENT,   (*Mercure*)   Le Sr Laurent.

CONCIERGE DE PERLINPIN-

     PIN,   (*Hébé*)   La D^{lle} Guimard.

LA BONNE, *gouvernante de Bébé*,

         (*Cléone*)   La D^{lle} Dufayel.

TOCTOC, *Portier de Perlinpinpin*,

     (*Le Grand-Prêtre*)   Le Sr Defeffart.

OMBRE *heureuſe*,   Ia D^{lle} Lafond.

L'INSENSÉ,   (*Lincée*)   Le Sr Laurent.

CHANSONNIER,   (*Un Athlete*) Le Sr Trial.

VIEILLARD,   Le Sr Trial.

LE TRÉPAS,   Le Sr Pérès.

CINQ BOUFFONS; $\left\{\begin{array}{l} \text{La D}^{lle}\text{ Lafond.} \\ \text{Les S}^{rs}\text{ Le Doux.} \\ \text{Le Breton.} \\ \text{Petit.} \\ \text{Candeille.} \end{array}\right.$

QUATRE VOIX.

UN FACTEUR *de la petite Poste*, Le S^r Duſſion fils.

La Scène eſt dans le Royaume de Perlinpinpin.

CHRISTOPHE.

CHRISTOPHE

ET

PIERRE-LUC,

PARODIE.

ACTE PREMIER.

Le Théâtre représente une salle à manger, le couvert est mis pour quarante personnes ; on voit tout l'appareil d'une noce.

SCÈNE PREMIERE.

BÉBÉ, & *sa vieille* BONNE.

LA BONNE.

AIR : *Nous nous marierons Dimanche.*

Pierre-Luc enfin
Dit hier matin,

A

Qu'il se marieroit Dimanche;
Oui, oui, son cœur,
Pour votre sœur,
S'épanche;
Homme d'honneur
Il a l'humeur
Très-franche;
Ce n'est pas faux bruit,
Madame, il l'a dit,
Et c'est aujourd'hui Dimanche.

AIR: *Ton humeur est, Catherine.*

Mais, mais, mais Bébé soupire,
D'où peut provenir cela?

BÉBÉ.

C'est que ma sœur Tirelire
Jamais ne l'épousera;
Tu verras du tintamarre,
Ce n'est pas encor la fin;
Je crains sur-tout ce bizarre,
De Monsieur Perlinpinpin.

LA BONNE.

AIR: *Du haut en bas.*

Perlinpinpin
Est Magicien, Astronome;
Perlinpinpin
En sait tout autant que Jupin;
En sortilége, ah! dieu, quel homme!
Non, jamais on n'en verra comme
Perlinpinpin.

Il est pere de Pierre-Luc & de Christophe: voici comme la chose se passa.

AIR: *La nuit quand j'pense à Jeannette.* (Des Enforcelés.)

Jadis à Lœda, pour plaire
Et lui prouver son amour,
En déjeûnant à Cythere
Il lui fit un plaisant tour ;
Il dit : Brelique & Breloque
De Jacob prit le bâton,
Il frappe un œuf à la coque,
Paf, il sortit un poupon.

    AIR: *A la façon de Barbari.*

Un autre coup lui succéda ;
On vit paroître un frere.
A ces enfans, lui dit Lœda,
Je servirai de mere.
Je les prendrai dans ma maison ;
La faridondaine, la faridondon ;
Ala foi, vous voilà pere ici,
    Biribi ,
A la façon de barbari,
    Mon ami.

Pierre-Luc, comme l'ainé, a hérité de sa mere ;
& cadet Christophe, n'a que ce que son frere veut
bien lui donner ; une fois que Pierre-Luc aura épousé
Tirelire, Christophe est à vous ; vous êtes riche, &
votre sœur n'a pas grand'chose.

      BÉBÉ.

Elle est bien mieux partagée que moi.
              A 2

CHRISTOPHE ET PIERRE-LUC;

AIR : *J'ai rêvé toute la nuit.*

Feu mon cher pere en mourant,
Pour nous fit un teftament ;
Ma fœur eut l'air féduifant,
Moi je n'eus pas tant.   (bis.)
Ma fœur eut l'air féduifant,
Je n'eus que l'argent comptant.

LA BONNE.

Ce Chriftophe ne vous a-t-il pas fait la cour pendant un tems ? Par quel hafard a-t-il changé ?

BÉBÉ.

AIR : *Vous qui voulez des Chanfonnettes.*

J'aimois Chriftophe fans allarmes ;
Quand de ma fœur il vit les charmes ;
Je ne fais où ;
Il me cherche à l'inftant querelle,
Pour mieux faire la cour à celle
Dont il eft fou.

LA BONNE.

La noce de Pierre-Luc va changer tout cela; Chriftophe reviendra fous vos loix.

BÉBÉ.

Non, il ne reviendra pas ; il eft trop entêté; &
je crains, de plus, que Pierre-Luc ne cede aux
pleurs de fon frère ; il eft fi bonnaffe !

AIR : *Branle de Metz.*

Le feul efpoir qui me refte,
Eft l'amour de l'Infenfé ;

Tirelire le déteste ,
Il en eſt tout courroucé.
L'amour , le dépit , la rage ,
Le rendent comme un lion ,
Et je prétends faire uſage
De ſon manque de raiſon :
Sans en dire davantage ,
Sortons de cette maiſon.

(Elles ſortent.)

S C E N E II.

TIRELIRE *ſeule , un mouchoir à la main.*

A i r : *Triſte raiſon.*

Pleurez , mes yeux , contentez mon envie ;
Pleurez , pleurez , vous n'avez plus qu'un jour.
Ce ſoir , hélas ! ce ſoir je me marie ;
Ce ſoir il faut renoncer à l'amour. (Fin.)

J'aime Chriſtophe , & j'épouſe ſon frere ,
Vu tous les biens qu'il a ; par droit d'ainé ,
Quand l'un a tout , l'autre eſt dans la miſere ;
Que ce partage eſt mal imaginé !

Pleurez , mes yeux , contentez mon envie ,
Pleurez , pleurez , vous n'avez plus qu'un jour.
Ce ſoir , &c.

A 3

SCENE III.

CHRISTOPHE, TIRELIRE.

CHRISTOPHE.

AIR : *Adieu donc, Dame Françoise.*

ADIEU, belle Tirelire,
Princeſſe pleine d'appas.

TIRELIRE.

Prince, ne me parlez pas.

CHRISTOPHE.

Je n'ai qu'un mot à vous dire :
C'eſt qu'en tous tems, en tous lieux,
Je ſerai votre amoureux ;
Adieu, belle Tirelire,
Princeſſe pleine d'appas.

TIRELIRE.

AIR : *Eſt-il donc vrai Lucile ?*

Quoi ! vous partez, Chriſtophe ;
Et moi je reſte ici.

CHRISTOPHE.

Je vais, en Philoſophe,
Vivre à Miſſiſſipi.

TIRELIRE.

Et que dit votre frere ?

CHRISTOPHE.

Il permet nos adieux ;
Je puis, fans lui déplaire,
Voir encor vos beaux yeux.

TIRELIRE.

AIR : *Contentons-nous d'une fimple bouteille.*

Vous connoiffez de mon cœur la foibleffe,
Vous auriez dû partir *incognito.*
Prince, partez, laiffons-là la tendreffe ;
Sortez, fuyez, allez, partez, *prefto.*

CHRISTOPHE.

De votre cœur connoiffant la foibleffe,
Oui, j'aurois dû partir *incognito.*

SCÈNE IV.

PIERRE-LUC, CHRISTOPHE, TIRELIRE,

PIERRE-LUC.

AIR : *Du Tonnelier.* (Vaudeville.)

Non, Chriftophe, demeure ici.

CHRISTOPHE.

Je ne le puis, mon très-cher frere.

PIERRE-LUC.

Baife-lui la main, mon ami.

CHRISTOPHE.

Non, je craindrois de vous déplaire.

A 4

CHRISTOPHE ET PIERRE-LUC,

PIERRE-LUC.

Vas toujours, je le veux ainsi.

CHRISTOPHE *baise la main de Ti relire.*

Je le fais pour vous satisfaire.

PIERRE-LUC, *tout bas à son frere.*

Embrasse-la sous le menton.

CHRISTOPHE.

Je le veux bien,

TIRELIRE.

Finissez donc.

PIERRE-LUC.

Baise-la, baise-la, baise-la, là,
Jusqu'à tems qu'elle dise holà.　　　　　(*bis.*

A i r : *Sous le nom de l'amitié.*

Juge de mon amitié,
J'adore cette belle ;　　　(*bis.*)
Juge de mon amitié,
Pour te prouver mon zèle,
Qu'elle soit ta moitié.

(*En mettant la main de Christophe dan*
celle de Tirelire.)

TIRELIRE ET CHRISTOPHE.	PIERRE-LUC.
Ah ! grands dieux !	J'aime mieux,
Ah ! grands dieux !	J'aime mieux,
Ah ! grands dieux !	J'aime mieux ton amitié.
Quelle amitié !	

PIERRE-LUC.

Je vous défends de me remercier ; voilà tout le
monde qui vient se mettre à table ; Chriftophe, pre-
nez la place qui m'étoit deftinée.

SCÈNE V.

(Les Gens de la noce entrent fur la Scène.)

PIERRE-LUC, *à toute la compagnie.*

AIR : *Mariez-moi.*

Pour obliger mon cadet,
Je renonce au mariage;
J'imagine qu'il eft fait
Pour être heureux en ménage.

(Avec le Chœur.)

Marions, marions, marions-les,
Ils feront heureux, je gage;
Marions, marions, marions-les,
Que leurs vœux foient fatisfaits !

*(Tout le monde fe met à table, & mange en mefure fur l'air
fuivant.)*

Six Bouffons viennent chanter pendant le repas):
Viva, viva, viva, amor, &c.
(Un Bafque & une Bafque danfent un pas de caractere.)

SCÈNE VI.

Les Acteurs précédens, un Facteur de la petite Poste entre, & remet une lettre à PIERRE-LUC.

PIERRE-LUC, *à la compagnie.*

PERMETTEZ-VOUS?

CHŒUR.

Certainement, certainement, certainement.

PIERRE-LUC.

Ah ! ciel !

TOUS LES CONVIVES, *les uns après les autres.*

Qu'eſt-ce que c'eſt ?

PIERRE-LUC, *après avoir lû bas, chante :*

AIR : *De Joconde.*

Mil ſept cent ſoixante dix-huit,
Dimanche trois Septembre,
Chez vous on doit faire grand bruit
Juſques dans votre chambre ;
Un certain Monſieur l'Inſenſé,
Que Bébé va conduire,
Doit après avoir tout caſſé
Enlever Tirelire.

PIERRE-LUC, CHRISTOPHE, *enſemble.*

AIR : *Je ne ſais à quoi me réſoudre.*

Mon fuſil, du plomb, de la poudre,
Et je vais lui caſſer les bras.   (*bis.*)

TIRELIRE.

Ce malheur eſt un coup de foudre ,   (*bis.*)
Pour moi pire que le trépas.

(*Sur un bruit de guerre , les Convives s'arment de ce qui eſt ſur la table. Les ſoupieres ſervent de caſques ; les plats , de boucliers ; les fourchettes , d'épées , & on met les ſerviettes au bout des manches à balais pour former des drapeaux.*)

(*L'INSENSÉ paroît à la tête des ſiens , pour enlever TIRELIRE ; CHRISTOPHE monte ſur la table avec L'INSENSÉ , & combattent , L'INSENSÉ lui donne un croc en jambe.*)

(*Il ſe fait alors un grand ſilence.*)

(*Quatre voix différentes , dans les quatre coins du Théâtre , derriere les couliſſes.*)

UNE VOIX.

AIR : *Vous m'entendez bien.*

Ah ! quelle perte !

UNE AUTRE VOIX.

Ah ! quel malheur !

UNE AUTRE VOIX.

Ah ! quel chagrin !

UNE AUTRE VOIX.

Quelle douleur !

UNE AUTRE VOIX.

L'affreuſe cataſtrophe !

TIRELIRE.

Hé bien ?

UNE AUTRE VOIX.

Il n'eſt plus de Chriſtophe ,
Vous m'entendez bien.

TIRELIRE, *tombant dans les bras de ses femmes.*

A I R : *Prélude de serinette.*

Ah ! . . . .
Je me trouve mal.

U N E   V O I X.
Air : *De l'Opéra.*
Enlevons Tirelire.

(*Le bruit de guerre recommence , L'INSENSÉ arrive & met TIRELIRE dans une hotte ; PIERRE-LUC rassemble son armée , dont les trois quarts sont estropiés , la plûpart sont manchots , les autres ont des béquilles , d'autres les yeux crevés.*)

(*PIERRE-LUC prend un panier à chemise , & met avec adresse L'INSENSÉ dessous , puis il le darde avec son épée ; arrivent des gens avec des brouettes , qui emportent les malades.*)

Fin du premier Acte.

ACTE II.

Le Théâtre repréfente une Cave, au fond de laquelle on voit differentes cruches, où font les cendres des Héros du pays. La cruche dans laquelle font les cendres de CHRISTOPHE, eft élevée fur un tonneau avec des guirlandes de fleurs, une grande lanterne éclaire cette Cavèrne. Les deux plus grands amis de Chriftophe font affis près de fa cruche.

SCÈNE PREMIERE.

TOUS LES AMIS DE CHRISTOPHE *arrivent au tombeau ; ils font en deuil.*

CHŒUR.

CANON.

AIR : *Grégoire eft mort.*

CHRISTOPHE eft mort,
Quel trifte fort !
Il étoit - là,
Et le voilà,
Préfentement
Dans le néant,
Il ne boit plus ;

Il ne rit plus
Il ne fent plus,
Il n'y voit plus,
Il n'entend plus,
Cris fuperflus.

SCÈNE II.

TIRELIRE, *en deuil.*

[AIR: *Paifible bois, verger délicieux.*

TRISTE féjour d'un Amant malheureux,
Je prétends habiter votre fombre caverne;
    Le foleil me fait mal aux yeux,
    Et j'aime mieux cette lanterne.

      AIR: *Dupont mon ami.*

    Mon cher amoureux,
    Ne pouvant te fuivre
    Dans ces lieux affreux,
    Je veux toujours vivre.

Trifte féjour, &c.

(*avec le Chœur.*)
    Chriftophe eft mort,
    Quel trifte fort, &c.

SCÈNE III.

Les mêmes, PIERRE-LUC, *& sa suite,*
portant les dépouilles de l'Insensé.

PIERRE-LUC, *aux Pleureurs.*

Air : *Des folies d'Espagne.*

Finirez-vous de répandre des larmes ;
Les pleurs, les cris ne font pas revenir ;
Si la vengeance à vos yeux a des charmes,
Je suis vainqueur ; il faut vous divertir.

Air : *Sans chien & sans houlette.*

Ne pleurez plus, Madame,   (*bis.*)
Christophe est bien vengé .   (*4 fois.*)
  De cette lame
  J'ai percé
  L'Insensé ;   } (*bis.*)

  J'ai percé,   (*bis.*)
 J'ai percé l'Insensé
  De cette lame,
 J'ai percé l'Insensé,
  Il tiroit tierce ,
  Je me renverse.

(*Il raconte le combat en prose à sa fantaisie , à la manière*
des Maîtres-d'armes , & reprend l'ariette.

Ne pleurez plus , &c.

CHŒUR.

Air: *Ah! p'tit Jean, hauſſe-moi.*

Uniſſons nos voix,
Pour chanter un ſi grand homme ;
Uniſſons nos voix
Pour célébrer ſes exploits.

PIERRE-LUC.

Enfin , Madame, vous devez être contente , celui
qui cauſe votre peine eſt immolé.

TIRELIRE.

Mais celui qui faiſoit tous mes plaiſirs l'eſt auſſi ,
& je veux le ſuivre.

PIERRE-LUC.

C'eſt une folie.

TIRELIRE.

Ce ſeroit déja fait ſi une lueur d'eſpérance... ..

PIERRE-LUC.

Que dites-vous ?

TIRELIRE.

Perlinpinpin. . . . .

PIERRE-LUC.

Je comprends , il faut avouer que je n'y penſois
pas.

TIRELIRE.

Quoi ! Pierre-Luc , vous iriez demander Chriſtophe.

PIERRE-LUC.

PIERRE-LUC.

AIR: *Marche du Déserteur.*

Oui, pour avoir mon frere,
Je vais chez Perlinpinpin,
Il est sorcier, c'est mon pere,
Il ne me refuse rien.

TIRELIRE *avec le* CHŒUR, *à gauche
du théâtre.* (*très-doux.*)

Quoi ! pour avoir son frere
Il va chez Perlinpinpin.

CHŒUR, *à droite du théâtre.* (*très-fort.*)

Il est sorcier, c'est son pere,
Il ne lui refuse rien.

PIERRE-LUC.

Il sera sensible à mes larmes ;
Oui, oui, je vais le conjurer,
Je lui peindrai nos allarmes,
Je ne ferai que pleurer,
Et de l'enfer, par ses charmes,
S'il veut, il peut le tirer.

Avec le CHŒUR, (*deux fois.*) *La premiere fois
très-doux ; la seconde très-fort.*

Oui, pour ravoir mon frere
Je vais chez Perlinpinpin,
Il est sorcier, c'est mon pere,
Il ne me refuse rien.

Oui Madame, Christophe reviendra, je vous en réponds.

TIRELIRE.

Je n'ose espérer un bonheur aussi grand.

B

PIERRE-LUC.

Je connois le pouvoir de mon pere, il reviendra.

TIRELIRE.

AIR : *Dans un verger Colinette.*

Donnez l'exemple à la terre ,
Vous qui ne doutez de rien ;
Pour montrer ce que peut faire
Poudre de Perlinpinpin ,
Escamotez votre frere
A son barbare destin.

PIERRE-LUC.

Amusez Tirelire , dissipez ses ennuis par des chants
& des danses , occupez ses oreilles & ses yeux ; tant
qu'elle pensera à cela , elle ne pensera pas à autre
chose.   (*Il sort.*)

(*Ballet , & combat de gladiateurs avec des ves-
sies ; arrive un des combattans qui a perdu un
œil ; il joue des airs sur son violon & chante
des couplets qu'on danse en rond ; on apporte
un tableau ou sont représentés les plus belles
actions de la vie de* CHRISTOPHE.)

SCÈNE IV.

UN CHANTEUR,

ELOGE funèbre de Monsieur Christophe.

I

AIR : *De Raton & Rosette.*

Nos neveux ne pourront croire
Le Héros que vous pleurez ;

Meffieurs, voici le mémoire
De ſes bonnes qualités.
   Le cœur brave,
   L'eſprit grave,
Et d'un ſavoir très-profond,
D'une vaillance ſans pareille,
En bon mots très-fécond,
  Extravagant,
  Très-ſavant,
  Très-vaillant,
  Très-plaiſant,
  Surprenant,
C'étoit une merveille,   (*bis pour le Chœur.*)

    2

Il ſavoit bien la muſique,
Mais encor mieux le trictrac;
Il avoit pour choſe unique
Un excellent eſtomac.
   Ce jeune homme
   Mangeoit comme
Quatre hommes qui mangent bien;
D'une honnêteté ſans pareille
 Il ne refuſoit rien,
 Il chantoit bien,
  Jouoit bien,
 Mangeoit bien,
 Buvoit bien,
 Parloit bien,
C'étoit une merveille.   (*bis pour le Chœur.*)

    3

Pour n'avoir pas l'air auſtère
Il paſſoit les nuits au jeu,
D'un excellent caractère,

       B 2

Mais il s'emportoit un peu,
    Quoique fage
    Faifoit rage ,
Quand fon argent il perdoit.
Sa valeur étoit fans pareille,
  Il crioit , il juroit ,
    Par la fembleu,
    Ventrebleu,
    Ou corbleu ,
    Ou morbleu ,
    Tout en bleu ,
C'étoit une merveille.   (bis.)

                4.

Senfible il verfoit des larmes ;
S'il recevoit deux foufflets ,
Il tiroit fort bien des armes ,
Toujours avec des fleurets.
    A la guerre
    Par derriere
Ses foldats il fe mettoit ;
Sa prudence étoit fans pareille ,
  Tout chacun l'admiroit.
    Homme vaillant ,
    Pétillant ,
    Turbulant ,
    Étonnant ,
    Mais prudent.
C'étoit une merveille, &c.   (bis.)
                        (On danfe.)

        Fin du fecond Acte.

ACTE III.

SCÈNE PREMIERE.

(Le Théâtre repréſente une rue , on voit au fond une porte cochère , il y a à côté une petite fenêtre pour parler au Portier.)

PIERRE-LUC, *aſſis ſur un banc près de la porte.*

Air : *C'eſt bien doux.* (Des trois Fermiers.)

I.

Douce amitié , regne en mon cœur,
Sois , de mes ſens , toujours maitreſſe ,
Pénétré de ta noble ivreſſe ,
Par toi l'on connoît le bonheur ,
De t'obéir je fais promeſſe.   (*bis.*)
     (*bis.*)   (*bis.*)
Dans mon cœur, commande ſans ceſſe.

I I.

Eſt-il au monde un bien plus grand,
Que d'obliger ce que l'on aime.
Oui , voilà le bonheur ſuprême.
Non, rien n'eſt plus intéreſſant;

Mon cœur fent un plaifir extrême   (bis.)
  (bis.)
De fervir deux objets que j'aime.

     (Il frappe à la fenêtre du Portier.)

AIR: *O mai, ô mai.*

Toctoc, ouvrez auffi-tôt,
Car j'ai bien affaire,
Il faut que je dife un mot
A mon très-cher pere.
Mais ouvrez donc.
Ah Dieux ! que vous êtes long.

SCÈNE II.

(*Il fe fait un grand filence, on entend ouvrir les verroux, & un bruit confidérable de clefs.*)

PIERRE-LUC, TOCTOC, *ouvre la porte cochere.*

TOCTOC.

AIR : *Reçois dans ton galetas.*

LE plus grand efcamoteur
Qui foit de France à la Chine,
Ce grand, ce fameux enchanteur,
Dans ces lieux va montrer fa mine ;
Je vous préviens, n'ayez pas peur,
Il vient dans toute fa fplendeur.   (bis.)

(*Le Théâtre change, on voit l'appartement de Perlinpinpin ; il eft dans un fauteuil, un crocodile fous les pieds, toute la chambre eft remplie de ferpens, & peinte avec des fignes magiques.*)

SCÈNE III.

PIERRE-LUC, PERLINPINPIN, VIF-ARGENT,
portant la boîte à poudre de Perlinpinpin.

MAGICIENS.

PIERRE-LUC, *à genoux.*

AIR : *Charmante Gabrielle.*

I.

Puissant esprit magique,
De grace, écoute-moi ;
D'un regard plus comique
Diffipe mon effroi.
A ton art, ô mon pere,
Je dois le jour ;
Pour ton fils, daigne faire
Encore un tour.

II.

Sur le rivage fombre
Chriftophe eft defcendu ;
Son corps n'eft plus qu'un ombre.
O fort inattendu !
Montre par ton grimoire
Aux ignorans ;
Que l'on doit toujours croire
Aux revenans.

PERLINPINPIN.

AIR : *Mes enfans, il fera jour demain.*

Mon fils, je ne demande pas mieux ;
Mais, mais c'eft une chofe impoffible.
Je ne puis le tirer de ces lieux,
L'enfer eft un gouffre inacceffible.

B 4

Quiconque y defcend une fois
N'en revient plus, je t'en affure,
C'eft le fecret de la nature, } (*bis, pour le Chœur*
Je ne peux braver fes loix.   }   *de Magiciens.*)

PIERRE-LUC.

A I R : *Un petit Capucin , ouin , ouin.*

Donne-moi de ta poudre
   J'y defcendrai.   (*bis.*)
Donne-moi de ta poudre
   J'irai
    Et reviendrai.
Je narguerai Pluton
   Au fond
De fon gouffre profond ;
Je braverai la foudre
    Et les éclairs
    Et l'univers.
Donne-moi de ta poudre
Et je vais aux enfers.

PERLINPINPIN.

A I R : *La bonne aventure , ô gué.*
Tu veux dans ton défefpoir
   Braver la nature ,
Et du grand Royaume noir
   Forcer l'ouverture.

Vif-Argent.

Voilà la clef du tiroir ,
Apporte mon livre noir.

Pierre-Luc.

Dans l'inftant tu vas favoir
   Ta bonne avanture.

    (*Vif-Argent va chercher le Livre.*)
     (*Marche de Magiciens.*)

PARODIE.

PERLINPINPIN, *après avois feuilleté le Livre.*

AIR : *Marche des deux Avares.*

Si cela peut te divertir
   Tu peux partir
   Pour l'avenir ;
   C'est ton plaisir,
   Suis ton désir ;
  Mais il faut t'avertir,
   Te prévenir,
Pour ne te pas trahir,
Que tu ne pourras revenir
   Pour jouir.
Ton cadet reverras le jour,
Toi, mon fils, tu resteras pour
Qu'on soit sûr de son retour.
   S'il ny redescent pas
   Tu resteras là-bas ;
   Oui, oui, là-bas,
   Pour payer son trépas.
   Tu verras,
   Tu feras
  Dans l'embarras,
   N'y vas pas.

PIERRE-LUC.

AIR : *Non, non, Colette n'est point trompeuse.*

Non, non, mon pere, il faut que j'expire
   Si cadet n'est avec moi.   { (*bis.*)
   Qu'il épouse Tirelire ;
Ils se font jurés leur foi.
S'il faut qu'un des deux expire,
  Il vaut mieux que ce soit moi.

Non, non, &c.

PERLINPINPIN.

Air : Du serein qui te fait envie.

I

Vous qui faites chérir la vie,
Venez ici, sexe charmant,
Pour lui faire changer d'envie;
Employez votre air séduisant,
Les mots ont bien plus d'énergie,
Avec vos doux agacemens,
De vos jolis yeux la magie
Surpasse mes enchantemens.

(*à Pierre-Luc.*)

2

Avant de suivre ta folie,
Vois ce que tu perds dans ces lieux;
Montrez-lui les biens de la vie,
Du vin, des belles & des jeux;
Mon Bordeaux vaut de l'Ambroisie.
Goûte, goute ce jus divin,
Et si tu suis ta fantaisie
Viens me trouver dans mon jardin.

(*Il sort suivi de tous les Magiciens.*)

SCÈNE IV.

(On apporte des tables à jouer, avec des jettons & des cartes. Deux joueurs de volans, deux joueurs de bilboquets exécutent, en mesure, différens exercices.)

LA CONCIERGE, *suivie des Plaisirs de Circassie &* PIERRE-LUC.

LA CONCIERGE.

(On danse.)

A I R : *Ma Pantouffle est trop étroite.*

Pour vous amuser
Nous allons faire une ronde.
Pour vous amuser,
Avec nous venez danser.

PIERRE-LUC.

Je ne saurois danser
Quand je pars pour l'autre monde.
Je ne saurois danser ,
Allons , laissez-moi passer.

LA CONCIERGE.

Voulez-vous souper
Entre la brune & la blonde ;
Voulez-vous souper,
Nous allons vous dissiper.

PIERRE-LUC.

Je ne saurois manger

Quand je penſe à l'autre monde,
Je ne ſaurois manger
Quand je ſonge à voyager.

(On danſe.)

(Entrée des Ris ou Riboteurs.)

LA CONCIERGE.

AIR : *Je tiens d'un Auteur très-grave qu'à Rome un des gros
bonnets.*

I.

Le Dieu charmant de l'ivreſſe
Eſt l'adorable Bacchus,
Et la charmante Vénus
D'amour eſt la Déeſſe.
Jouez, riez avec les Amours
Et laiſſez-là la gloire,
Il vaut mieux vivre deux ou trois jours,
Que cent ans dans l'hiſtoire.

2.

Jupiter aimoit la table,
Même il y reſtoit fort tard.
Plus il prenoit de nectar,
Plus il étoit aimable.

(Avec le Chœur de Riboteurs.)

Jouez, &c.

3.

Le Dieu Mars que l'on contemple
Étoit ſenſible à l'amour,
A Vénus il fit la cour,
Suivez donc ſon exemple.

(Avec le Chœur.)

Jouez, &c.

4.

Qu'importe que dans un livre
Que ſouvent on ne lit pas,
On mette après le trépas ;
Il refuſa de vivre.

(Avec le Chœur.)

Jouez, riez avec les amours,
Et laissez-là la gloire,
Il vaut mieux vivre deux ou trois jours,
Que cent ans dans l'histoire.

(On danse & l'on joue à toutes sortes de jeux.)

LA CONCIERGE.

AIR : *De la Camargo.*

Voulez-vous, poulet,
Faire un lansquenet.
Aimez-vous le piquet,
Ou le bilboquet.
Voulez-vous, l'ami,
Faire un biribi.
Aimez-vous paire ou non,
Ou le Pharaon.
A la belle,
A la belle,
Je vois, vous voulez jouer.

PIERRE-LUC.

Votre zèle,
Votre zèle,
Ne peut me faire échouer.

LA CONCIERGE.

Jouons petit jeu,
Mais jouons un peu
A la paume, au billard,
A colin-maillard.
Jouons au tonton
Ou bien, mon chaton,

Jouons au corbillon,
Dites, qu'y met-on ?

Aimez-vous le brelan,
Le wisque ou le volan.
Voulez-vous le loto
Ou le franc-carreau ;
    Mais la belle,
    Oui, la belle
    Est des jeux
Le plus voluptueux.

Voulez-vous, poulet,
Faire un lansquenet,
Aimez-vous le piquet
Ou le bilboquet,
Jouons au tonton,
Ou bien, mon chaton,
Jouons au corbillon,
Dites, qu'y met-on ?

PIERRE-LUC.

AIR : *Un grand Clerc.*

Oui vraiment,
C'est charmant ;
Lorsque l'on à rien à faire,
    Quel plaisir
    A loisir
De pouvoir se divertir.
    Mais, hélas !
Il faut que j'aille là-bas.
Oui, là-bas, chercher mon frere
    Chez Pluton.
Je suis pressé, laissez-moi donc,

CHŒUR DE FEMMMES, *en danſant autour de lui.*

Non , non , non , non ,
Non , non , non , mon cher ami ,
Vous ſoupez ici.
Oui , oui , oui , oui ,
Oui , vous ſouperez ici ,
Mon cher bon ami.

PIERRE-LUC.

Aɪʀ : *O Mahomet.*

Ainſi que vous , aimables Demoiſelles ,
Je hais la peine & j'aime le plaiſir ;
Mais ſur mon compte on feroit des libelles ,
Si j'avois l'air de craindre de mourir ;
Ainſi que vous , aimables Demoiſelles ,
Je hais la peine , & j'aime le plaiſir.

LA CONCIERGE.

Aɪʀ : *Contentons-nous d'une ſimple bouteille.*

Vivez pour vous , vivez en Philoſophe ,
Et croyez-moi , moquez-vous des propos.
Dans les enfers laiſſez votre Chriſtophe ,
Abandonnez le métier de héros.
Pour être heureux , vivez en Philoſophe ,
Et croyez-moi , moquez-vous des propos.

PIERRE-LUC *reprend la finale de l'avant-*
dernier air.

Non , non , non , non ,
Je n'entends pas de raiſon ,
Je vais chez Pluton.

CHŒUR DE FEMMES, *en danſant*
Si , ſi , ſi , ſi ,

Si , vous fouperez ici.

(Pendant le point d'orgue , Pierre-Luc dit : defcampativos ,
& fe fauve.)

(Tout le monde le fuit en chantant.)

AIR : *De la Camargo.*

Voulez-vous , poulet ,
Faire un lanfquenet , &c.

Fin du troifième Acte.

ACTE

ACTE IV.

Le Théâtre représente un Antre affreux ; on voit au fond une Caverne sur laquelle est écrit ; Hôtel du Trépas, & une trape pour descendre.

SCÈNE PREMIÈRE.

VIF - ARGENT & PIERRE - LUC, *tenant une lanterne à la main.*

AIR : *Je sommeille (de la chercheuse d'esprit.)*

Qu'il fait noir, quel maudit chemin,
Je voudrois bien être à la fin,
Il me semble
Voir quelque chose écrit là-bas,
Oui, lisons, *Hôtel du Trépas*,
Grands Dieux je tremble.

C

SCÈNE II.

LE TRÉPAS, PIERRE-LUC.

LE TRÉPAS, *une faulx à la main.*

Où vas-tu ?

PIERRE-LUC.

Là-bas.

LE TRÉPAS.

D'où viens-tu ?

PIERRE-LUC.

De là-haut.

LE TRÉPAS.

Comment t'appelle-tu ?

PIERRE-LUC.

Pierre-Luc, fils de Perlinpinpin.

LE TRÉPAS.

Voyons ton paſſe-port ? Quel eſt le Médecin qui t'a traité ? Quelle étoit ta maladie ? Ton pays ? Ton métier ? Combien y a-t-il d'heures que tu es mort ?

PIERRE-LUC.

Je ne le ſuis pas.

LE TRÉPAS.

Tu ne l'es pas, & tu veux entrer ici.

PARODIE

PIERRE-LUC.

Oui & malgré toi.

LE TRÉPAS.

Tu n'entreras pas.

PIERRE-LUC.

J'y entrerai.

LE TRÉPAS.

Tu n'entreras pas te dis-je.

PIERRE-LUC.

De quel droit m'empêcher d'entrer ; qui es-tu donc ?

LE TRÉPAS.

Je suis le Trépas.

PIERRE-LUC.

Ah, ah, Monsieur est le maître de ce logis, eh bien ! je vais vous dire ce qui m'amene. Christophe mon fere est ici depuis ce matin, je viens lui offrir de prendre sa place. Ce trait d'amitié-là n'est pas commun, laissez-moi passer pour la rareté du fait, & je fais serment de par tous les diables que...

AIR : *De tous les Capucins du monde.*

L'un des deux avant un quart-d'heure
Sortira de votre demeure.

LE TRÉPAS.

Je n'entends rien à ce micmac.

C 2

PIERRE-LUC.

Qu'exigez-vous pour récompenfe,
Monfieur ufe-t-il du tabac?
(*Ouvrant fa tabatiere.*)

LE TRÉPAS.

A m'endormir en vain tu penfe.

AIR: *Jofeph eft bien marié.*

Tu n'entreras pas ici
Avec l'habit que voici,
Ce n'eft pas - là le coftume,
Il faut fuivre la coutume,
Si tu veux paffer ces bords,
Vas là-haut quitter ton corps.

PIERRE-LUC.

Vous ne le voulez pas de bonne volonté, eh
bien! je vais y entrer de force.

LE TRÉPAS.

AIR: *Ouverture de Pigmalion.*

Meaux de l'univers,
Ô vous qui peuplez les enfers,
Venez ici monftres divers;
A ma voix qu'on déchaîne
La fievre & la migraine,
Le mal caduc, les fluxions,
La goutte & les afflictions,
La colique, les douleurs,
Les chagrins, les vapeurs,
(*Les meaux fortent des enfers.*)
Défendez ce bord
Contre un mortel qui n'eft pas mort.

SCÈNE III.

Marche fur laquelle tous les Meaux fortent en danfant felon leur genre ; la migraine *fe tient la tête,* la fievre *marche inégalement en fe tâtant le pouls,* la goutte *fe traîne,* la colique *fe frotte le ventre &c.*

LE TRÉPAS.

AIR : *Jofeph eft bien marié.*

ARRETEZ-MOI ce vivant   (*bis.*)
Qui veut entrer tout grouillant,   (*bis.*)
Pour reprimer fon audace
Faites-lui tous la grimace,
Faites fuir par votre train
Le fils de Perlinpinpin.

CHŒUR DE DIABLES, *en danfant.*

Arrêtons tous ce vivant   (*bis.*)
Qui veut entrer tout grouillant,   (*bis.*)
Pour reprimer fon audace
Faifons lui tous la grimace,
Faifons fuir par notre train
Le fils de Perlinpinpin.

PIERRE-LUC.

Malgré vos ongles, vos dents,   (*bis.*)
Je defcendrez là-dedans,   (*bis.*)
Je ne crains pas les menaces,
Je me moque des grimaces,
Fuyez tous, craignez la main
Du fils de Perlinpinpin.   (*On danfe.*)

C 3

CHRISTOPHE ET PIERRE-LUC,

LE TRÉPAS.

AIR : *Trois petits couteaux dans une gaine.*

Pour que cet imprudent s'en aille,
Faites vîte un grand feu de paille;
Amis du feu, du feu, du feu
Et faites-le cuire en ce lieu :
    Apportez de la paille
    Et mettez-y le feu.

CHŒUR *de diables.*

Pour que cet imprudent s'en aille,
Faisons vîte un grand feu de paille;
Vîte du feu, du feu, du feu,
Pour le faire cuire en ce lieu :
    Ose braver la paille,
    Ose braver le feu.

PIERRE-LUC.

Retirez-vous de là, canaille
Je brave tous vos feux de paille,
Je vais descendre dans ce lieu,
Malgré le feu, le feu, le feu;
    Je braverai la paille,
    Je braverai le feu.

CHŒUR *de diables.*

AIR : *Joseph est bien marié.*

Tu n'entreras pas ici,
Avec l'habit que voici;
Ce n'est point là le costume,
Il faut suivre la coutume,

(PIERRE-LUC, *donne des soufflets à tous les diables & avec une houpe, leur jette de la poudre de Perlinpinpin; ils se sauvent en criant.*)

Sauvons-nous, craignons la main,
Du fils de Perlinpinpin.

SCENE IV.

(*Le Théâtre change, on ne voit qu'un grand voile blanc qui remplit la Scène, les Acteurs sont derrière, & moyennant une seule lumiere qui est au fond du Théâtre, les Ombres de ceux qui jouent, se trouvent représentées sur le voile, de sorte que les Spectateurs ne voyent que des Ombres, danser & chanter pendant le reste de cet Acte. On voit les Parques se promener en filant.*)

PARQUES.

AIR : *Le temps passe, comme le fil entre mes doigts.*

L'OMBRE DE CHRISTOPHE, *seule.*

AIR : *Menuet d'Exaudet.*

JE suis mort,
Que mon sort,
Est funeste.
L'affreuse insipidité.
Toute l'éternité,
Il faudra que je reste,
Dans ces lieux,
Si sérieux,
Et si sombres ;
On n'a ni goût, ni dégoût,
Et l'on trouve partout,
Des Ombres.   (*Fin.*)

C 4

Ciel ! quelle monotonie
Et l'on se plaint de la vie ;
Vertuchoux ,
De grands foux ,
Tous nous sommes ;
Non , non , des morts le premier ,
Ne vaut pas le dernier
Des hommes.

Air : *Boire à son tirelire lire.*

Mais , pourquoi dans mon cœur ,
Existe-t-il encore ,
Une brûlante ardeur ?
Quoi , l'amour le dévore !
Quoi , chez les morts ,
Aux sombres bords ,
Il pense à Tirelire-lire ,
Il pense à Toureloure-lour ,
Pense à l'amour.

OMBRE HEUREUSE.

Air : *Des Bergeres du Hameau.*

I.

Dans ces lieux accourez tous
Pour voir un nouveau visage ,
Que sur ce sombre rivage ,
Il soit heureux comme nous :
Nos ombres y sont paisibles ,
Nous ne connoissons plus de pleurs ;
Plus de plaisirs , plus de douleurs ; } *Bis , pour*
Nous sommes tous insensibles. *le Chœur de Nains.*

I I.

Il semble avoir des chagrins ,
Entre ses dents il murmure ;

Ombre oubliez la nature,
Et les fragiles humains ;
Soyez sans inquiétude,
Nous y sommes depuis mille ans,
Les siécles nous font des momens, } *Bis pour le Chœur de Nains.*
Tout dépend de l'habitude.

(Les Ombres dansent.)

OMBRE HEUREUSE.

AIR : *Trop de pétulence.*

I.

Vous qui regorgez de richesse,
Et qui vous ennuyez partout ;
Malheureux que rien n'intéresse,
Qui des plaisirs , êtes à bout ;
Quittez le monde & l'opulence,
Votre vrai bonheur, le voici :

    Car l'indifférence
      Regne ici ;
    Oui , l'indifférence
      Regne ici.

II.

Jadis par la Métempsycose,
J'ai parcouru tous les états ;
Chacun pense la même chose,
Héros, poltrons , Princes , goujats,
Tout le monde à l'avenir pense
Sans jouir des moments présents ;

    Et par prévoyance
    On perd le tems } *Bis pour le Chœur de Géans , à grosse voix.*

III.

Là-haut l'intérêt nous domine,
Ici tout est indifférent ;
Là-haut sans cesse on se chagrine,
Ici l'on est toujours content ;

Là-haut l'on fait des balourdifes ,
On defcend ici , l'on les dit ;
      Et de ces fottifes ,   } *bis pour le Chœur de*
      Chacun rit.   } *Géans , à groffe voix.*

(*On danfe.*)

CHRISTOPHE.

A I R : *mi , mi , fa , ré , mi.*

Je ne vois par-tout que danfe.
A ma noce on a danfé ,
L'on fit des fauts en cadence
Lorfque je fus trépaffé ;
   L'on danfe ici bas ,
   Malgré le trépas ;
   Deffus ou deffous ,
   Les hommes font fous.

(*On danfe.*)

CHŒURS, *d'Ombres danfants.*

A I R : *Ah ! il n'eft point de fête.*

Ici toutes nos affaires
Sont de chanter & danfer ;
Danfons donc , ombres légéres ,
Voyons qui peut mieux fauter.
Ah !

En difant le mot ah ! PIERRE-LUC *paroît fur le devant de la Scène , pardevant le voile ; & les Ombres fautent par deffus la lumiere qui eft au fond , ce qui les fait difparoitre.*)

SCENE V.

PIERRE-LUC, *seul.*

AIR : *Raffurez-vous belle Princeffe.*

Rassurez-vous, êtres paifibles ;
Bien loin de troubler vos afyles
Je viens demeurer avec vous :
Pourquoi vous enfuyez-vous tous ?

AIR : *Cà fait toujours plaifir.*

Après la derniere heure
Quand nous avons vécus ;
Voici donc la demeure
De ceux qui ne font plus ;
Quelle immenfité d'êtres
L'on doit trouver céans,
De valets & de Maîtres
Depuis des millions d'ans,
Des foux, des fots , des iroquois,
Des Turcs , des Abbés , des Chinois.

RÉCITATIF.

Chriftophe paroiffez.

SCENE VI.

PIERRE-LUC, *l'ombre de* CHRISTOPHE, *paroît.*

L'ombre de CHRISTOPHE.

BONJOUR, mon frere, comment vous portez-vous ?

PIERRE-LUC.

O cadet ! que je suis bien-aise de te revoir !

ENSEMBLE, *en s'embrassant.*

O ô ô ô ô !

CHRISTOPHE.

AIR : *Ah ! q'c'est joli !*

Comment se porte Tirelire ?

PIERRE-LUC.

Mon ami, tu peux l'épouser.

CHRISTOPHE.

Ce n'est pas-là l'instant de rire.

PIERRE-LUC.

Pour cela, je viens te chercher.

CHRISTOPHE.

Pour un rien, je t'enverrois paître.

PIERRE-LUC.

C'est la vérité, mon ami.

CHRISTOPHE.

Sérieusement je vais renaître,

PIERRE-LUC.

Perlinpinpin le veut ainsi.

ENSEMBLE.

Ah ! q'c'est joli, ah ! q'c'est joli !

PARODIE.

PIERRE-LUC.

A I R : Des pendus.

Vas vîte faire ton paquet ,
Bon voyage , mon cher cadet ;
Monte fur la machine ronde ,
Dis bien des chofes à tout le monde ;
Prends la lanterne que vôici ,
Pour gage , ami , je refte ici.

A I R : Du haut en bas.

Du haut en bas ,
Pour toi j'ai defcendu , cher frere ;
Du haut en bas ,
Je viens t'enlever au trépas.
Dépêche-toi de t'y fouftraire ,
Ou nous pourrions refter , cher frere.
Tous deux en bas.

CHRISTOPHE.

Même Air.

Du bas en haut ;
Je retournerois fans mon frere ,
Du bas en haut ;
Tu me prends donc pour un maraut ,
C'eft à moi de refter fous terre ,
Ne pouvant retourner , cher frere ,
Tous deux en haut.

PIERRE-LUC.

A I R : On vit des démons.

Tu remonteras ,
Tu remonteras.

CHRISTOPHE ET PIERRE-LUC,

CHRISTOPHE.

Mais, mon ami c'eſt impoſſible,
Vivre à tes dépens, ſeroit horrible.

PIERRE-LUC.

Je l'ai promis, tu renaîtras ;
Oui, malgré toi tu renaitras;
Je te donne tout mon argent
Et tout ce que j'ai de vaillant ;
Mon cher ami, quitte le néant.

CHRISTOPHE.

Vivre à tes dépens ſeroit horrible.

PIERRE-LUC.

AIR : *M'aimes-tu.* (De Roſe & Colas.)

Vas là-haut.

CHRISTOPHE.

Non, vas-y toi-même

PIERRE-LUC.

Vas là-haut.

CHRISTOPHE.

Non, vas-y toi-même.

PIERRE-LUC.

Vas-y,
Mon ami,
Tirelire t'aime.

CHRISTOPHE.

ɪ   : *Des plaiſirs de Creteil.* (Contredanſe.)

Tu me prends   (*bis.*)
Par l'endroit le plus ſenſible,
Tu me prends,   (*bis.*)

PIERRE-LUC.

Cher ami, tu perds le tems;

Chriftophe Tirelire attend;
La faire attendre eft horrible.

PIERRE-LUC.	CHRISTOPHE.
Elle attend,	Il me prend,
Elle attend;	Il me prend,
Il faut partir dans l'inftant.	Par l'endroit le plus ardent.

PIERRE-LUC.

Je fuis fûr qu'en ce moment
Elle appelle fon amant.

PIERRE-LUC.	CHRISTOPHE.
Je le prends,	Tu me prends,
Je le prends,	Tu me prends;
Par l'endroit le plus fenfible;	Par l'endroit le plus fenfible;
Elle attend,	Tu me prends,
Elle attend.	Tu me prends;
	Mon cher ami, je me rends.

(CHRISTOPHE *repaffe devant le voile*, & PIERRE-LUC *derriere*.)

CHRISTOPHE.

Air : *Annette à l'âge de quinze ans.*

Je ne veux que la voir un peu,
Baifer fa main, lui dire adieu;
    Je fais ferment
    Qu'au même inftant
    Je te rends l'âme,
    Le jour, ta femme
    Et ton argent.

L'ombre de PIERRE-LUC.

A i r : *Tendre baiser sur bouche demi-close.*

Bon soir, cadet

CHRISTOPHE.

Sans adieu mon cher frere.

PIERRE-LUC.

Reste là-haut.

CHRISTOPHE.

Je reviendrai demain.

PIERRE-LUC.

C'est inutile, ah ! souviens-toi de faire
Mes compliments à tout le genre-humain.

A i r : *O Mahomet !*

Dans la Gazette il faut sur-tout, mon frere,
Faire imprimer ce que j'ai fait pour toi ;
A chaque instant il vient des gens sous terre,
Fais moi savoir ce que l'on dit de moi.

Dans la Gazette , &c.

Fin du quatrieme Acte.

ACTE

ACTE V.

SCÈNE PREMIERE.

Le Théâtre repréſente le devant de la maiſon de Perlinpinpin.

UN VIEILLARD ET UNE VIEILLE.

LA VIEILLE.

AIR: *La ſagèſſe eſt un tréſor.*

Oui, Chriſtophe eſt revenu.

LE VIEILLARD.

Mais vous avez la brelue.   (*bis.*)

LA VIEILLE.

Je vous dis que je l'ai vu.

LE VIEILLARD.

Vous avez mauvaiſe vue.

LA VIEILLE, *en mettant ſes lunettes.*

Mais j'avois mis mes lunettes.

LE VIEILLARD.

Vous me contez des ſornettes.

D

LA VIEILLE.

Ce ne font point des fornettes,
Car j'avois mis mes lunettes.

LE VIEILLARD.

Qui vous parle de lunettes,
Vous me contez des fornettes.

ENSEMBLE.

Ce ne font point des
  fornettes,
Car j'avois mis mes
  lunettes. } (bis.)

Que m'importe vos lu-
  nettes,
Que m'importe vos
  fornettes. } (bis.)

Mes lunettes
Sont bien nettes,
Bien nettes,
Sont mes lunettes. } (bis.)

Vos fornettes,
Vos lunettes,
Vos lunettes,
Vos fornettes. } (bis.)

J'y vois avec mes lu-
  nettes,
Ce ne font point des
  fornettes, (bis.)
J'y vois avec mes lu-
  nettes.

Ce font de pauvres lu-
  nettes,
Vous me contez des
  fornettes, (bis.)
Ce font de pauvres lu-
  nettes.

SCÈNE II.

CHŒUR D'HOMMES *à cheval , entrant l'un après l'autre & courant au grand galop ; ils font le tour du Théâtre en chantant le Canon suivant , & s'arrêtent tous sur une file du côté opposé à l'entrée de Christophe.*

CANON.

AIR : *Qui va là , c'est le Roi.*

CHRISTOPHE est revenu,
Je l'ai vû, je l'ai vû.
Tu l'a vû , tu l'a vû,
Il l'a vû , il l'a vû.

LE VIEILLARD dit tou-jours :	LA VIELLE , *pendant le Canon ,dit :*
Tu l'as vû , tu l'as vû.	Il l'a vû , il l'a vû.

SCÈNE III.

Les Acteurs précédens, CHRISTOPHE ET TIRELIRE *, entourés d'une foule de peuple à pied.*

CHŒUR DE PEUPLE, *à pied.*

AIR : *La bonne avanture.*

IL n'eſt point du tout changé,
 Il a bon viſage,
Il paroît moins emprunté
 Depuis ce voyage.
Je le crois même engraiſſé
Depuis qu'il a trépaſſé.
Il n'eſt point du tout changé,
 Il a bon viſage.

CHŒUR *à cheval autour du Théâtre, en courant au grand galop.*

CANON.

AIR : *Qui va là, c'eſt le Roi.*

 Le voilà, le voilà,
 Il eſt là, il eſt là,
 Le voilà, le voilà,
 Il eſt là, il eſt là.

LA VIEILLE.

AIR : *De la Touriere.*

L'autre monde eſt-il bien grand,
Y fait-on grand étalage,
Y ment-on impunément,
Fait-on tout pour de l'argent.

LE VIEILLARD.

S'y bat-on à chaque inftant,
De jouer a-t-on la rage,
Y voit-on des courtifans,
Y reconnoît-on des rangs.

LA VIEILLE.

Que font là-bas les gourmands,
De manger eft-ce l'ufage.
A-t-on des befoins preffants,
Voit-on des extravagants.

LE VIEILLARD.

L'on eft fol étant vivant,
Quand on eft mort eft-on fage.
A-t-on beaucoup d'agrément
Si l'on ni voit ni ne fent.

LA VIEILLE.

Les Procureurs, les Sergents
Y font-ils du gribouillage.
Fait-on de faux jugemens,
Y trompe-t-on bien des gens.

LE VIEILLARD.

Eft-on toujours mécontent
Lorfque l'on eft en ménage.
S'y querelle-t-on fouvent,
De s'aimer fait-on femblant.

LA VIEILLE.

Y fait-on de faux ferments
Avec un riant vifage.
Trouve-t-on de tems en tems
Sous les rofes des ferpents.

CHRISTOPHE ET PIERRE-LUC,

LE VIEILLARD.

Les Hebreux , les Allemands
Ont-ils le même langage.
Pleut-il ou fait-il beau tems,
Voit-on grandir les enfans.

LA VIEILLE.

Se fert-on de ces cinq fens
Près de ce fombre rivage.
Et pendant des milliers d'ans
A quoi paffe-t-on fon tems.

CHRISTOPHE.

AIR : *Pour la Baronne.*

C'eft un myftere ,
Je ne puis vous en dire plus ,
Car j'ai fait ferment de me taire.
Ne demandez rien là-deffus,
C'eft un myftere.

CHŒUR.

(*Le peuple en danfant autour de lui , la cavalerie caracole.
à la même place , & chante.*)

AIR : *La bonne avanture.*

Il n'eft point du tout changé ,
Il a bon vifage ;
Il paroît moins emprunté
Depuis ce voyage.
Depuis qu'il a trépaffé
Je le crois même engraiffé,
Il n'eft point du tout changé,
Il a bon vifage.

PARODIE.

CHRISTOPHE.

AIR : *Si jamais je fais un ami.*

(*Au Chœur à pied.*)

Peuple , ceffez de danfer ,
Ce n'eft point l'inftant d'une fête.

(*Au Chœur à cheval.*)

Et vous , ceffez de chanter ,
Vous me faites mal à la tête.
Mes amis , éloignez-vous tous ,
　Faut-il quatre fois vous le dire.
Peuples , éloignez-vous ,
　　　Éloignez-vous ,
Je veux parler à Tirelire.

　　　(*Tout le monde s'en va en chantant.*)

Chriftophe eft revenu ,
Je l'ai vû , je l'ai vû.
Tu l'a vû , tu l'a vû.
Il l'a vû , il l'a vû.

SCÈNE IV.

TIRELIRE , CHRISTOPHE.

TIRELIRE.

AIR : *Tu croyois en aimant Colette.*

LES renvoyer n'eft pas honnête ,
Mon cher Chiftophe , avouez-le.

CHRISTOPHE , *avec colere.*

Oh ! j'ai bien autre chofe en tête.

D 4

(*Tendrement.*)

Princesse , vous disiez donc que....

TIRELIRE.

A i r : *Si des galans de la ville.*

Pour avoir l'air héroique ,
Pour empêcher les propos ,
Par un verre d'émétique
J'allois terminer mes maux.
J'espérois que la colique
Me conduiroit vers Minos ;
Mais ma terreur est panique.
Je vous revois cher héros ,
Cela n'est-il pas comique
De revenir du tombeau ;
Mais quel air mélancolique.
Qu'avez-vous , mon tendre agneau.

CHRISTOPHE.

A i r : *Colin , sur un verd gazon.*

Je vais vous faire l'aveu
De mon chagrin , je quitte ce lieu ,
Adieu.

TIRELIRE.

Quel est ce nouveau revers.

CHRISTOPHE.

Je vais aux enfers.

TIRELIRE.

Cieux ,
Dieux ,
Lieux
Affreux.

CHRISTOPHE.

Mais je vais, ma chére
Envoier mon frere.

TIRELIRE, *le retenant par son habit.*

Vous n'irez pas là-bas,
Non, je ne le veux pas.

CHRISTOPHE.

Pierre-Luc reviendra,
Il vous épousera.

J'ai fait serment d'être de retour avant neuf heures.

TIRELIRE.

N'avez-vous jamais manqué à votre parole ; est-ce
là l'instant de la tenir, Christophe, mon cher Christophe ; minet, mouton, poulet, pigeon.

CHRISTOPHE.

Ah ! ma tourterelle, il faut te quitter.

DUO.

Air : *De la Furstemberg.*

TIRELIRE.

A tes genoux, Tirelire,
T'implore pour tarder ton départ.

CHRISTOPHE, *en tirant sa montre.*

Je ne puis. Ah ! quel martyre ;
Il est neuf heures un quart.

TIRELIRE.

Laisse-moi du moins te suivre.

CHRISTOPHE.

Quoi ! me suivre. Non, toi tu dois vivre.

TIRELIRE.

Non , c'eſt toi.

CHRISTOPHE.

C'eſt toi.

TIRELIRE.

C'eſt moi.

CHRISTHOPHE.

C'eſt moi.

TIRELIRE.	**CHRISTOPHE.**
Et toi, tu dois vivre pour moi.	Et moi , je vais ſuivre la loi

CHRISTOPHE.

De mes jours voilà la fin,

C'eſt mon deſtin.

Perlinpinpin

N'eſt point badin.

Ceſſons ces entretiens.

(*On entend le tonnerre.*)   Tiens ,

L'entens tu touſſer

Marcher ,

Moucher.

Oui , Oui,

C'eſt lui.

TIRELIRE.

Je fuis ;

Mais je ne puis.

(2ᵉ *repriſe.*)   Soutiens-moi donc , car j'expire.

CHRISTOPHE.

Quoi ! je vois mourir ma Tirelire;

Dans ſa main frappons ,

Pan , pan , tâchons....

Elle ouvre les yeux ,

Ça va mieux.

TIRELIRE.

Tiens prend-moi.

CHRISTOPHE.

Quoi.

TIRELIRE.

Toi.

CHRISTOPHE.

Quoi.

TIRELIRE.

Bien.

CHRISTOPHE.

Hin.

TIRELIRE.

Rien.

CHRISTOPHE.

Hin.

TIRELIRE.

Si
Ainsi.

CHRISTOPHE.

Quoi, si.

TIRELIRE.

Oui, non.
Bon

CHRISTOPHE.

Dieux, elle bat la campagne.

TIRELIRE.

De très-beaux.

CHRISTOPHE.

Quoi beaux.

TIRELIRE.

Châteaux.

CHRISTOPHE.

Châteaux.

TIRELIRE.

D'Eſpagne.

CHRISTOPHE.

Quoi.

Folle elle eſt ſur ma foi.

AIR: *Des Trembleurs.*

Avec cette extravagance
Elle a perdu connoiſſance,
Et je vais, par prévoyance,
Lui deſſerrer ſon corſet ;
Mais je n'y puis rien comprendre,
Je ne ſçai par où m'y prendre,
A la vie il faut la rendre,
Ma foi rompons le lacet.

(*On entend un air de flageolet.*)

AIR : *Réveillez - vous belle endormie.*

La voluptueuſe harmonie,
Je crois entendre un ſanſonnet ;
Ouvrez les yeux ma belle-amie,
Non ma foi c'eſt un perroquet.

SCENE V.

(Le Théâtre repréfente le grand Cabinet de Perlin-
pinpin , avec une table & des gobelets d'Efcamoteur.)

PERLINPINPIN, *defcend du Ciel à cheval*
fur un perroquet. Les ACTEURS *précedents.*

PERLINPINPIN.

AIR : *De l'amour tout fubit les loix.*

JE viens de parler au deftin
Pour qu'il calme votre chagrin ,
Il eft fenfible à votre peine ,
Et vous allez en voir la fin ;
Il eft allé chez Jupiter
Pour qu'il écrive à Lucifer ,
D'ordonner que l'on vous ramene
Pierre - Luc de l'enfer.

TIRELIRE & CHRISTOPHE.

(2e. *reprife de* l'Air.)

Ah ! Monfieur , } Que d'attentions.
Ah ! Papa, }

De plaifir mon cœur fe tranfporte ,
Il n'eft point d'expreffions,
Non , il n'en eft point d'affez forte
Pour ce que je fens.

PERLINPINPIN.

Laiffons-là tous les remercîmens.

CHRISTOPHE.

Je fuis encor dans l'embarras,
Mon frere eft bien long-temps là-bas,
Et je crains qu'en paffant Cerbere
Ne lui faffe des trous aux bas.

PERLINPINPIN.

Examinez bien ce tour-là,

(Il leve les gobelets, pour montrer qu'il n'y a rien.)

Vous ne voyez rien fous cela.

Il s'agit de ravoir fon frere;
Un, deux, trois, le voilà.

*(Il touche avec fon bâton, & Pierre-Luc fe trouve deffous
un des gobelets.)*

CHRISTOPHE.

A i r : *De la Fit-James; contredanfe.*

Eft-ce bien Pierre-Luc que j'embraffe,
Eft-ce lui que je tiens dans mes bras.

PIERRE-LUC.

Oui, c'eft bien Pierre-Luc que t'embraffe,
Oui, c'eft lui que tu tiens dans tes bras.

ENSEMBLE.

Au grand Perlinpinpin rendons grace,
Nous voilà faufs & fains gros & gras,   } (*bis.*)

Le plaifir que j'ai dans ce moment,
De nous voir tous trois enfemble;
Le plaifir que j'ai dans ce moment

Eſt charmant, charmant, charmant; \
Par nos ſauts que la terre tremble, } (*bis.*) \
Montrons notre contentement.

Pas de trois, entre TIRELIRE, CHRISTOPHE \
& PIERRE-LUC.

CHŒUR.

Mêmè AIR.

Eſt-ce bien Pierre-Luc qu'il embraſſe, \
Eſt-ce bien lui qu'il tient dans ſes bras. } (*bis.*)

Au grand Perlinpinpin rendons grace, \
Les voilà ſaufs & ſains gros & gras. } (*bis.*)

Le plaiſir qu'ils ont dans ce moment, \
De ſe voir tous trois enſemble, \
Le plaiſir qu'ils ont dans ce moment \
Eſt charmant, charmant, charmant.

Par nos ſauts que la terre tremble, \
Montrons notre contentement. } (*bis.*)

PERLINPINPIN.

*Aux Génies qui portent ſur leurs têtes des globes repré-
ſentants le* SOLEIL, MERCURE, VENUS, *la* LUNE,
la TERRE, JUPITER, MARS, & SATURNE.

AIR: *Viens, donne-moi le bras.*

Vous qui portez \
De ces machines rondes, \
Obéiſſez, repréſentez

Le mouvement des mondes.
Globes divers,
Entrez, entrez en danse,
Echantillons de l'univers,
Circulez en cadence.

(*Sur un* AIR: *D'Angloise, les génies exécutent le système de Copernic.*)

VAUDEVILLE.

(*Tous les trois chantent le rondeau.*)

TIRELIRE.

AIR: *Chantons les Matines de Cythere.*

D'HONNEUR cette histoire est très-comique,
Il faut la chanter jusqu'à demain,
Il faut célébrer l'effet magique
De la poudre de Perlinpinpin.

Vous étiez mort, vous êtes envie,
En vérité je n'en reviens pas,
Oui, j'en suis encor toute ébôbie;
Quoi! l'on peut revenir du trépas.

ENSEMBLE.

D'honneur cette histoire est très-comique,
Il faut la chanter jusqu'à demain,
Il faut célébrer l'effet magique
De la poudre de Perlinpinpin.

CHRISTOPHE.

CHRISTOPHE.

J'ai péri sous les coups d'un barbare,
Et j'ai vu le séjour ténébreux ;
Si j'ai vu les horreurs du tenare,
Dans vos charmans yeux je vois les cieux.

ENSEMBLE, *avec le Chœur.*

D'honneur cette histoire est très-comique,
Il faut la chanter jusqu'à demain,
Il faut célébrer l'effet magique
De la poudre de Perlinpinpin.

PERLINPINPIN.

Capricorne quittez le tropique,
Sud, nord, est, ouest, terre, onde, air, feu ;
Europe, Asie, Afrique, Amérique,
Venez vous divertir en ce lieu.

(En chantant ce couplet, il fait différens signes magiques avec son bâton de Jacob ; les quatre vents paroissent en soufflant ; les quatre parties du monde viennent jouer aux quatre coins ; les quatre éléments sortent à leur tour, la terre sort par une trape, l'onde arrive avec un parasol, l'air plane autour du théâtre & le feu sort par la cheminée ; le Capricorne tombe du ciel, & danse la Chaconne.)

PIERRE-LUC.

C'est comme une lanterne magique,
L'on y voit mille tableaux divers,

E

Nôces & festins, combats, musique,
Tombeau, plaisirs, pleurs, chant, danse, enfers.

TOUS TROIS ENSEMBLE, *avec le Chœur.*

Chantons cette poudre merveilleuse,
Célébrons son étonnant pouvoir,
Vantons cette piece curieuse,
Où l'on voit tout ce que l'on peut voir.

Un Ballet général termine la Parodie.

122

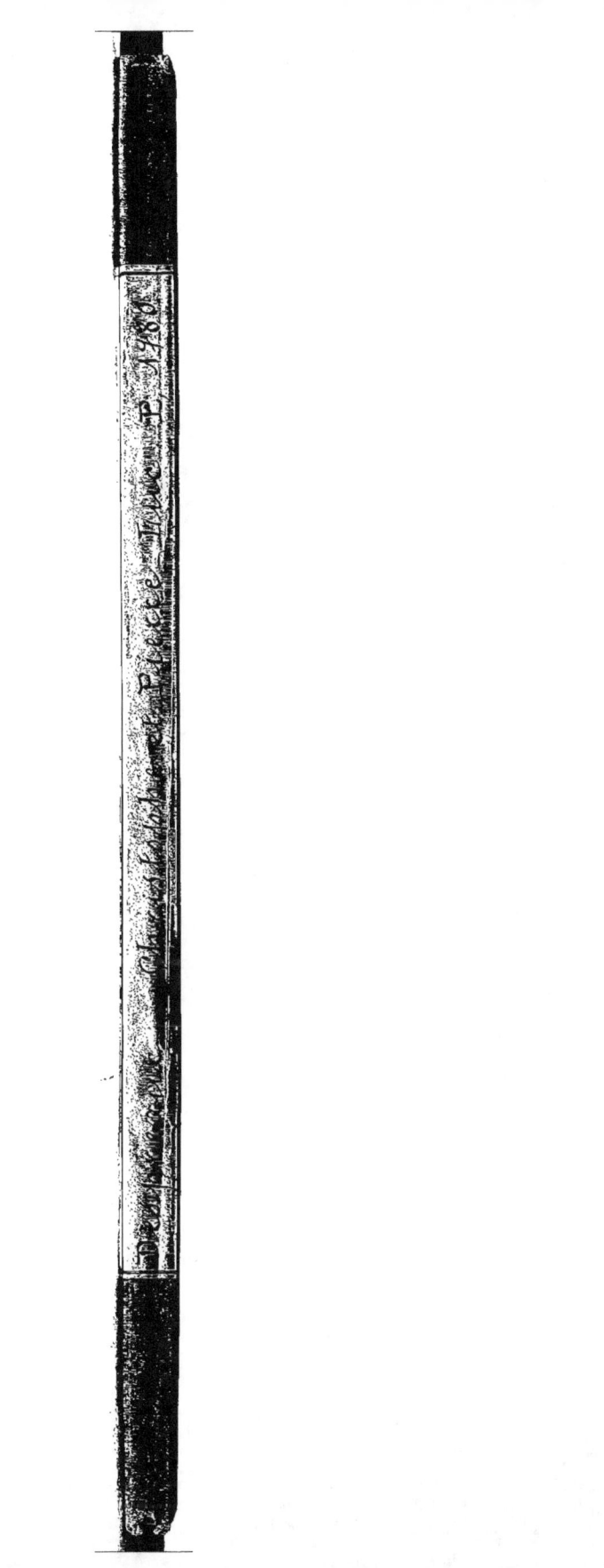

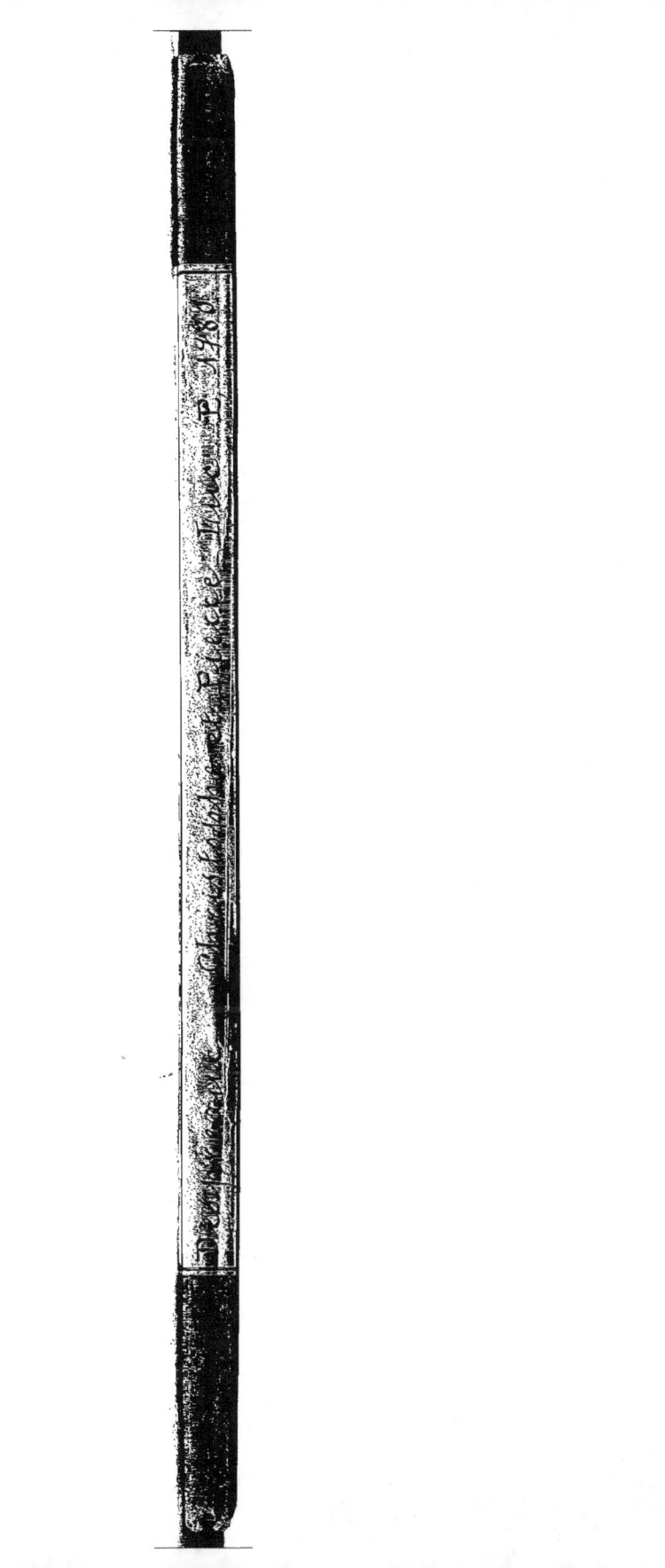